KB048156

김소월 시집

진달래꽃

김소월 시집

진달래꽃

초판 1쇄 인쇄 2021년 1월 8일
초판 1쇄 발행 2021년 1월 15일

지은이 김소월
펴낸이 남기성

펴낸곳 주식회사 자화상
인쇄,제작 데이타링크
출판사등록 신고번호 제 2016-000312호
주소 서울특별시 마포구 월드컵북로 400 서울산업진흥원 201호(상암동)
대표전화 (070) 7555-9653
이메일 sung0278@naver.com

ISBN 979-11-91200-13-3 03810

김소월 시집

진달래꽃

자화상

차례

1부 애모

첫사랑 • 011

왕십리 • 012

개여울의 노래 • 013

꽃촛불 켜는 밤 • 014

널 • 015

눈 • 016

님과 벗 • 017

두 사람 • 018

맘 켕기는 날 • 019

몹쓸 꿈 • 020

진달래꽃 • 021

부부 • 022

분(粉) 얼굴 • 023

산 위에 • 024

애모(愛慕) • 026

원앙침(鴛鴦枕) • 027

월색(月色) • 029

자나 깨나 앉으나 서나 • 030

춘향(春香)과 이도령(李道令) • 031

합장(合掌) • 032

2부 자애

부모 • 035

어버이 • 036

훗길 • 037

3부 애상

깊고 깊은 언약 • 041

구름 • 042

꿈꾼 그 옛날 • 043

꿈으로 오는 한 사람 • 044

나는 세상 모르고 살았노라 • 045

눈 오는 저녁 • 046

불운에 우는 그대여 • 047

만나려는 심사(心思) • 048

바람과 봄 • 049

밤 • 050

봄밤 • 051

비단 안개 • 052

안해 몸 • 053

오시는 눈 • 054

자주 구름 • 055

첫치마 • 056

하늘 끝 • 057

해가 산마루에 저물어도 • 058

후살이 • 059

4부 그리움

눈물이 수르르 흘러납니다 • 063

가는 길 • 064

님의 노래 • 065

풀따기 • 066

그를 꿈꾼 밤 • 067

나의 집 • 068

닭은 꼬꾸요 • 069

바다 • 070

삭주구성(朔州龜城) • 071

잊었던 맘 • 073

제비 • 074

5부 설움

먼 후일 • 077

가을 아침에 • 078

가을 저녁에 • 080

귀뚜라미 • 081

깊이 믿던 심성(心誠) • 082

꿈 1 • 083

꿈 2 • 084

낙천(樂天) • 085

남의 나라 땅 • 086

님에게 • 087

달맞이 • 088

바다가 변하여 뽕나무밭 된다고 • 089

무심(無心) • 090

바리운 몸 • 091

반달 • 092

봄비 • 093

산 • 094

생과 사 • 095

설움의 덩이 • 096

6부 추억

엄마야 누나야 • 099

개여울 • 100

기억(記憶) • 101

님의 말씀 • 102

담배 • 103

만리성(萬里城) • 104

물마름 • 105

어인(漁人) • 107

여수(旅愁) • 108

여자의 냄새 • 109

옛 이야기 • 110

우리집 • 111

지연(紙鳶) • 112

집 생각 • 113

7부 고독

길 • 117

강촌(江村) • 119

개아미 • 120

닭소리 • 121

맘에 있는 말이라고 다 할까 보냐 • 122

무덤 • 123

무신(無信) • 124

묵념(默念) • 125

부귀공명(富貴功名) • 126

부엉새 • 127

사노라면 사람은 죽는 것을 • 128

새벽 • 129

서울 밤 • 130

수아(樹芽) • 132

엄숙 • 133

열락(悅樂) • 134

황촉(黃燭)불 • 135

8부 희망

바라건대는 우리에게 우리의 보습 대일 땅이 있었더면 • 139

밭고랑 위에서 • 141

꿈길 • 143

들돌이 • 144

마른 강(江)두덕에서 • 145

붉은 조수(潮水) • 146

비난수하는 맘 • 147

실제(失題) 1 • 148

실제(失題) 2 • 149

여름의 달밤 • 150

옛낯 • 153

오는 봄 • 154

저녁 때 • 156

전망(展望) • 157

찬 저녁 • 158

천리만리(千里萬里) • 159

추회(追悔) • 160

하다못해 죽어 달려가 올라 • 161

희망(希望) • 163

작가 연보 • 164

1부
애모

첫사랑

아까부터 노을은 오고 있었다
내가 만약 달이 된다면
지금 그 사람의 창가에도
아마 몇 줄기는 내려지겠지

사랑하기 위하여
서로를 사랑하기 위하여
숲속의 외딴집 하나
거기 초록빛 위 구구구
비둘기 산다

이제 막 장미가 시들고
다시 무슨 꽃이 피려한다

아까부터 노을은 오고 있었다
산 너머 갈매 하늘이
호수에 가득 담기고
아까부터 노을은 오고 있었다

왕십리

비가 온다
오누나
오는 비는
올지라도 한 닷새 왔으면 좋지

여드레 스무날엔
온다고 하고
초(初)하루 삭망(朔望)이면 간다고 했지
가도 가도 왕십리(往十里) 비가 오네

웬걸, 저 새야
올랴거던
왕십리 건너가서 울어나다고,
비 맞아 나른해서 벌새가 운다

천안(天安)에 삼거리 실버들도
축축이 젖어서 늘어졌다네
비가 와도 한 닷새 왔으면 좋지
구름도 산마루에 걸려서 운다

개여울의 노래

그대가 바람으로 생겨났으면
달 돋는 개여울의 빈 들 속에서
내 옷의 앞자락을 불기나 하지.

우리가 굼벵이로 생겨났으면!
비 오는 저녁 캄캄한 영(嶺) 기슭의
미욱한 꿈이나 꾸어를 보지

만일에 그대가 바다난 끝의
벼랑에 돌로나 생겨났다면
둘이 안고 굴며 떨어나지지

만일에 나의 몸이 불귀신이면
그대의 가슴속을 밤도아 태워
둘이 함께 재되어 스러지지.

꽃촉불 켜는 밤

꽃촉(燭)불 켜는 밤, 깊은 골방에 만나라.
아직 젊어 모를 몸, 그래도 그들은
해 달같이 밝은 맘, 저저마다 있노라.
그러나 사랑은 한두 번만 아니라, 그들은 모르고.

꽃촉불 켜는 밤, 어스러한 창 아래 만나라.
아직 앞길 모를 몸, 그래도 그들은
솔대 같이 굳은 맘, 저저마다 있노라.
그러나 세상은, 눈물 날 일 많아라, 그들은 모르고.

널

성촌(城村)의 아가씨들
널 뛰노나
초파일날이라고
널을 뛰지요

바람 불어요
바람이 분다고!
담 안에는 수양(垂楊)의 버드나무
채색(彩色)줄 층층(層層) 그네 매지를 말아요

담밖에는 수양(垂楊)의 늘어진 가지
늘어진 가지는
오오 누나!
휘젓이 늘어져서 그늘이 깊소

좋다 봄날은
몸에 겹지
널 뛰는 성촌(城村)의 아가씨네들
널은 사랑의 버릇이라오

눈

새하얀 흰 눈, 가비얍게 밟을 눈,
재 같아서 날릴 꺼질 듯한 눈,
바람엔 흩어져도 불길에야 녹을 눈.
계집의 마음. 임의 마음.

님과 벗

벗은 설움에서 반갑고
님은 사랑에서 좋아라.
딸기꽃 피어서 향기(香氣)로운 때를
고초(苦草)의 붉은 열매 익어가는 밤을
그대여, 부르라, 나는 마시리.

두 사람

흰 눈은 한 잎
또 한 잎
영(嶺) 기슭을 덮을 때
짚신에 감발하고 길심매고
우뚝 일어나면서 돌아서도……
다시금 또 보이는
다시금 또 보이는

맘 켕기는 날

오실 날
아니 오시는 사람!
오시는 것 같게도
맘 켕기는 날!
어느덧 해도 지고 날이 저무네!

몹쓸 꿈

봄 새벽의 몹쓸 꿈
깨고 나면!
우짖는 까막까치, 놀라는 소리,
너희들은 눈에 무엇이 보이느냐.

봄철의 좋은 새벽, 풀 이슬 맺혔어라.
볼지어다, 세월(歲月)은 도무지 편안(便安)한데,
두새 없는 저 까마귀, 새들게 우짖는 저 까치야,
나의 흉(凶)한 꿈 보이느냐?

고요히 또 봄바람은 봄의 빈 들을 지나가며,
이윽고 동산에서는 꽃잎들이 흩어질 때,
말 들어라, 애틋한 이 여자야, 사랑 때문에는
모두 다 사나운 조짐인 듯, 가슴을 뒤노아라.

진달래꽃

나 보기가 역겨워
가실 때에는
말없이 고이 보내 드리우리다

영변에 약산
진달래꽃
아름 따다 가실 길에 뿌리우리다

가시는 걸음 걸음
놓인 그 꽃을
사뿐히 즈려밟고 가시옵소서

나 보기가 역겨워
가실 때에는
죽어도 아니 눈물 흘리우리다

부부

오오 안해여, 나의 사랑!
하늘이 묶어준 짝이라고
믿고 살음이 마땅치 아니한가.
아직 다시 그러랴, 안 그러랴?
이상하고 별 나운 사람의 맘,
저 몰라라, 참인지, 거짓인지?
정분(情分)으로 얽은 딴 두 몸이라면.
서로 어그점인들 또 있으랴.
한평생(限平生)이라도 반백년(半百年)
못 사는 이 인생(人生)에!
연분(緣分)의 긴실이 그 무엇이랴?
나는 말하려 노라, 아무려나,
죽어서도 한곳에 묻히더라.

분(粉) 얼굴

불빛에 떠오르는 새뽀얀 얼굴,
그 얼굴이 보내는 호젓한 냄새,
오고가는 입술의 주고받는 잔(盞),
가느스름한 손길은 아른대여라.

검으스러하면서도 붉으스러한
어렴풋하면서도 다시 분명(分明)한
줄 그늘 위에 그대의 목소리,
달빛이 수풀 위를 떠 흐르는가.

그대하고 나하고 또는 그 계집
밤에 노는 세 사람, 밤의 세 사람,
다시금 술잔 위의 긴 봄밤은
소리도 없이 창(窓) 밖으로 새여 빠져라

산 위에

산(山) 위에 올라서서 바라다보면
가로막힌 바다를 마주 건너서
님 계시는 마을이 내 눈앞으로
꿈 하늘 하늘같이 떠오릅니다

흰 모래 모래 비낀 선창(船倉)가에는
한가한 뱃노래가 멀리 잦으며
날 저물고 안개는 깊이 덮여서
흩어지는 물꽃뿐 아득합니다

이윽고 밤 어두운 물새가 울면
물결조차 하나둘 배는 떠나서
저 멀리 한바다로 아주 바다로
마치 가랑잎같이 떠나갑니다

나는 혼자 산(山)에서 밤을 새우고
아침 해 붉은 볕에 몸을 씻으며
귀 기울고 솔곳이 엿듣노라면
님 계신 창(窓) 아래로 가는 물노래

흔들어 깨우치는 물노래에는

내 님이 놀라 일어나 찾으신대도

내 몸은 산(山) 위에서 그 산(山) 위에서

고이 깊이 잠들어 다 모릅니다

애모(愛慕)

왜 아니 오시나요.
영창(映窓)에는 달빛, 매화(梅花)꽃이
그림자는 산란(散亂)히 휘젓는데.
아이. 눈 꽉 감고 요대로 잠을 들자.

저 멀리 들리는 것!
봄철의 밀물소리
물나라의 영롱(玲瓏)한 구중궁궐(九重宮闕), 궁궐(宮闕)
의 오요한 곳,
잠 못 드는 용녀(龍女)의 춤과 노래, 봄철의 밀물소리.

어두운 가슴속의 구석구석……
환연한 거울 속에, 봄 구름 잠긴 곳에,
소솔비 내리며, 달무리 둘려라.
이대도록 왜 아니 오시나요. 왜 아니 오시나요.

원앙침(鴛鴦枕)

바드득 이를 갈고
죽어 볼까요
창(窓)가에 아롱아롱
달이 비친다.

눈물은 새우잠의
팔굽베개요
봄 꿩은 잠이 없어
밤에 와 운다.

두동달이베개는
어디 갔는고
언제는 둘이 자던 베갯머리에
죽쟈 사쟈 언약도 하여 보았지.

봄 메의 멧기슭에
우는 접동도
내 사랑 내 사랑
조히 울 것다.

두둥달이베개는
어디 갔는고
창(窓)가에 아롱아롱
달이 비친다.

월색(月色)

달빛은 밝고 귀뚜라미 울 때는
우둑히 시멋 없이 잡고 섰던 그대를
생각하는 밤이여, 오오 오늘밤
그대 찾아 데리고 서울로 가나?

자나 깨나 앉으나 서나

자나 깨나 앉으나 서나
그림자 같은 벗 하나이 내게 있었습니다.

그러나, 우리는 얼마나 많은 세월을
쓸데없는 괴로움으로만 보내었겠습니까!

오늘은 또다시, 당신의 가슴속, 속모를 곳을
울면서 나는 휘저어 버리고 떠납니다그려.

허수한 맘, 둘 곳 없는 심사(心事)에 쓰라린 가슴은
그것이 사랑, 사랑이던 줄이 아니도 잊힙니다.

춘향(春香)과 이도령(李道令)

평양(平壤)에 대동강(大同江)은
우리나라에
곱기로 으뜸가는 가람이지요

삼천리(三千里) 가다 가다 한가운데는
우뚝한 삼각산(三角山)이
솟기도 했소

그래 옳소 내 누님, 오오 누이님
우리나라 섬기던 한 옛적에는
춘향(春香)과 이도령(李道令)도 살았다지요

이편(便)에는 함양(咸陽), 저편(便)에 담양(潭陽),
꿈에는 가끔가끔 산(山)을 넘어
오작교(烏鵲橋) 찾아 찾아가기도 했소

그래 옳소 누이님 오오 내 누님
해 돋고 달 돋아 남원(南原) 땅에는
성춘향(成春香) 아가씨가 살았다지요

합장(合掌)

나들이. 단 두 몸이라. 밤빛은 배여와라.
아, 이거 봐, 우거진 나무 아래로 달 들어라.
우리는 말하며 걸었어라, 바람은 부는 대로.

등(燈)불 빛에 거리는 헤적여라, 희미(稀微)한 하늘 편
(便)에
고이 밝은 그림자 아득하고
퍽도 가까운 풀밭에서 이슬이 번쩍여라.

밤은 막 깊어, 사방(四方)은 고요한데,
이마즉, 말도 안하고, 더 안가고,
길가에 우뚝하니. 눈감고 마주서서.

먼먼 산(山). 산(山)절의 절 종(鍾)소리. 달빛은 지새어
라.

2부

자애

부모

낙엽(落葉)이 우수수 떨어질 때,
겨울의 기나긴 밤,
어머님하고 둘이 앉아
옛이야기 들어라.

나는 어쩌면 생겨나와
이 이야기 듣는 가?
묻지도 말아라, 내일(來日)날에
내가 부모(父母) 되어서 알아보랴?

어버이

잘 살며 못 살며 할 일이 아니라
죽지 못해 산다는 말이 있나니,
바이 죽지 못할 것도 아니지마는
금년에 열네 살, 아들딸이 있어서
순복이 아버님은 못 하노란다.

훗길

어버이님네들이 외우는 말이
딸과 아들을 기르기는
훗길을 보자는 심성(心誠)이로라.
그러하다, 분명(分明)히 그네들도
두 어버이 틈에서 생겼어라.
그러나 그 무엇이냐, 우리 사람!
손들어 가르치던 먼 훗날에
그네들이 또다시 자라 커서
한결같이 외우는 말이
훗길을 두고 가자는 심성(心誠)으로
아들딸을 늙도록 기르노라.

3부

애상

깊고 깊은 언약

몹쓸은꿈에깨여도라눕을때.
봄이와서멧나물도다나올때.
아름답은젊은이압플지날때.
니저버렸던드시문득스럽게.
얼결에생각나는"깊고깊은언약"

구름

저기 저 구름을 잡아타면
붉게도 피로 물든 저 구름을,
밤이면 새까만 저 구름을.
잡아타고 내 몸은 저 멀리로
구만리(九萬里) 긴 하늘을 날아 건너
그대 잠든 품속에 안기렀더니,
애스러라, 그리는 못한대서,
그대여, 들으라 비가 되어
저 구름이 그대한테로 내리거든,
생각하라, 밤저녁, 내 눈물을.

꿈꾼 그 옛날

밖에는 눈, 눈이 와라,
고요히 창(窓) 아래로는 달빛이 들어라.
어스름 타고서 오신 그 여자는
내 꿈의 품속으로 들어와 안겨라.

나의 베개는 눈물로 함빡히 젖었어라.
그만 그 여자는 가고 말았느냐.
다만 고요한 새벽, 별 그림자 하나가
창(窓)틈을 엿보아라.

꿈으로 오는 한 사람

나이가 들면서 가지게 되었노라
숨어 있던 한 사람이, 언제나 나의,
다시 깊은 잠속의 꿈으로 와라
붉으렷한 얼굴에 가느다란 손가락의,
모르는 듯한 거동(擧動)도 전(前)날의 모양대로
그는 의젓이 나의 팔위에 누워라
그러나 그래도 그러나!
말할 아무것이 다시없는가!
그냥 먹먹할 뿐, 그대로
그는 일어나라. 닭의 홰치는 소리.
깨어서도 늘, 길거리에 사람을
밝은 대낮에 잘못보고는 하노라

나는 세상 모르고 살았노라

가고 오지 못한다는 말을
철없던 내 귀로 들었노라.
만수산(萬壽山)을 나서서
옛날에 갈라선 그 내 님도
오늘날 뵈올 수 있었으면.

나는 세상 모르고 살았노라,
고락(苦樂)에 겨운 입술로는
같은 말도 조금 더 영리(怜悧)하게
말하게도 지금은 되었건만.
오히려 세상 모르고 살았으면!

돌아서면 무심타는 말이
그 무슨 뜻인 줄을 알았스랴.
제석산(帝釋山) 붙는 불은 옛날에 갈라선 그 내 님의
무덤에 풀이라도 태웠으면!

눈 오는 저녁

바람 자는 이 저녁
흰 눈은 퍼붓는데
무엇하고 계시노
같은 저녁 금년(今年)은……

꿈이라도 꾸면은!
잠들면 만날런가.
잊었던 그 사람은
흰 눈 타고 오시네.

저녁때. 흰 눈은 퍼부어라.

불운에 우는 그대여

불운(不運)에 우는 그대여, 나는 아노라

무엇이 그대의 불운(不運)을 지었는지도,

부는 바람에 날려,

밀물에 흘러,

굳어진 그대의 가슴속도.

모두 지나간 나의 일이면.

다시금 또 다시금

적황(赤黃)의 포말(泡沫)은 북고여라, 그대의 가슴속의

암청(暗青)의 이끼여, 거친 바위

치는 물가의.

만나려는 심사(心思)

저녁 해는 지고서 어스름의 길,
저 먼 산엔 어두워 잃어진 구름,
만나려는 심사는 웬 셈일까요,
그 사람이야 올 길 바이없는데,
발길은 누 마중을 가잔 말이냐.
하늘엔 달 오르며 우는 기러기.

바람과 봄

봄에 부는 바람, 바람 부는 봄,
작은 가지 흔들리는 부는 봄바람,
내 가슴 흔들리는 바람, 부는 봄,
봄이라 바람이라 이 내 몸에는
꽃이라 술잔(盞)이라 하며 우노라.

밤

홀로 잠들기가 참말 외로워요
맘에는 사무치도록 그리워요
이리도 무던히
아주 얼굴조차 잊힐 듯해요.

벌써 해가 지고 어두운데요,
이곳은 인천(仁川)에 제물포(濟物浦), 이름난 곳,
부슬부슬 오는 비에 밤이 더디고
바다 바람이 춥기만 합니다.

다만 고요히 누워 들으면
다만 고요히 누워 들으면
하이얗게 밀어드는 봄 밀물이
눈앞을 가로막고 흐느낄 뿐이야요.

봄밤

실버드나무의 검으스럿한 머리결인 낡은 가지에
제비의 넓은 깃나래의 감색(紺色) 치마에
술집의 창(窓) 옆에, 보아라, 봄이 앉았지 않는가.

소리도 없이 바람은 불며, 울며, 한숨 지워라
아무런 줄도 없이 섧고 그리운 새까만 봄밤
보드라운 습기(濕氣)는 떠돌며 땅을 덮어라.

비단 안개

눈들이 비단 안개에 둘리울 때,
그때는 차마 잊지 못할 때러라.
만나서 울던 때도 그런 날이오,
그리워 미친 날도 그런 때러라.

눈들이 비단 안개에 둘리울 때,
그때는 홀목숨은 못살 때러라.
눈 풀리는 가지에 당치맛귀로
젊은 계집 목매고 달릴 때러라.

눈들이 비단 안개에 둘리울 때,
그때는 종달새 솟을 때러라.
들에랴, 바다에랴, 하늘에서랴,
아지 못할 무엇에 취(醉)할 때러라.

눈들이 비단 안개에 둘리울 때,
그때는 차마 잊지 못할 때러라.
첫사랑 있던 때도 그런 날이오
영 이별 있던 날도 그런 때러라.

안해 몸

들고 나는 밀물에
배 떠나간 자리야 있스랴.
어질은 안해인 남의 몸인 그대요
아주, 엄마 엄마라고 불니우기 전(前)에.

굴뚝이기에 연기(煙氣)가 나고
돌바우 아니기에 좀이 들어라.
젊으나 젊으신 청하늘인 그대요,
착한 일 하신 분네는 천당(天堂) 가옵시리라.

오시는 눈

땅 위에 새하얗게 오시는 눈.
기다리는 날에는 오시는 눈.
오늘도 저 안 온 날 오시는 눈.
저녁 불 켤 때마다 오시는 눈.

자주 구름

물 고운 자주(紫朱) 구름,
하늘은 개여 오네.
밤중에 몰래 온 눈
솔숲에 꽃피었네.

아침볕 빛나는데
알알이 뛰노는 눈

밤새에 지난 일은……
다 잊고 바라보네.

움직거리는 자주(紫朱) 구름.

첫치마

봄은 가나니 저문 날에,
꽃은 지나니 저문 봄에,
속없이 우나니, 지는 꽃을,
속없이 느끼나니 가는 봄을.
꽃 지고 잎 진 가지를 잡고
미친 듯 우나니, 집난이는
해 다 지고 저문 봄에
허리에도 감은 첫치마를 눈물로 함빡히 쥐어짜며
속없이 우노나 지는 꽃을,
속없이 느끼노나, 가는 봄을.

하늘 끝

불현듯

집을 나서 산(山)을 치달아

바다를 내다보는 나의 신세(身勢)여!

배는 떠나 하늘로 끝을 가누나!

해가 산마루에 저물어도

해가 산마루에 저물어도
내게 두고는 당신 때문에 저뭅니다.

해가 산마루에 올라와도
내게 두고는 당신 때문에 밝은 아침이라고 할 것입니다.

땅이 꺼져도 하늘이 무너져도
내게 두고는 끝까지 모두다 당신 때문에 있습니다.

다시는, 나의 이러한 맘 뿐은, 때가 되면,
그림자같이 당신한테로 가우리다.

오오, 나의 애인(愛人)이었던 당신이여.

후살이

홀로된 그 여자

근일(近日)에 와서는 후살이 간다 하여라.

그렇지 않으랴, 그 사람 떠나서

이제 십년(十年), 저 혼자 더 살은 오늘날에 와서야……

모두 다 그럴듯한 사람 사는 일레요.

4부
그리움

눈물이 수르르 흘러납니다

눈물이 수르르 흘러납니다
당신이 하도 못 잊게 그리워서
그리 눈물이 수르르 흘러납니다.

잊히지도 않는 그 사람은
아주나 내버린 것이 아닌데도
눈물이 수르르 흘러납니다

가뜩이나 설운 맘이
떠나지 못할 운에 떠난 것 같아서
생각하면 눈물이 수르르 흘러납니다

가는 길

그립다
말을 할까
하니 그리워

그냥 갈까
그래도
다시 더 한 번……

저 산에도 가마귀, 들에 가마귀,
서산에는 해 진다고
지저귑니다.

앞 강물, 뒷 강물,
흐르는 물은
어서 따라 오라고 따라 가자고
흘러도 연달아 흐릅디다려.

님의 노래

그리운 우리 님의 맑은 노래는
언제나 내 가슴에 젖어 있어요.

긴 날을 문밖에서 서서 들어도
그리운 우리 님의 부르는 노래는
해지고 저물도록 귀에 들려요.
밤 들고 잠 들도록 귀에 들려요.

고이도 흔들리는 노래 가락에
내 잠은 그만이나 깊이 들어요.
고적한 잠자리에 홀로 누워도
내 잠은 포스근히 깊이 들어요.

그러나 자다 깨면 님의 노래는
하나도 남김없이 잃어버려요.
들으면 듣는 대로 님의 노래는
하나도 남김없이 잊고 말아요.

풀따기

우리 집 뒷산에는 풀이 푸르고
숲 사이의 시냇물 모래 바닥은
파아란 풀 그림자 떠서 흘러요

그리운 우리 임은 어디 계신고
날마다 피어나는 우리 임 생각
날마다 뒷산에 홀로 앉아서
날마다 풀을 따서 물에 던져요

흘러가는 시내의 물에 흘러서
내어던진 풀잎은 엷게 떠갈제
물살이 헤적헤적 품을 헤쳐요

그리운 우리 임은 어디 계신고
가엾은 이내 속을 둘 곳 없어서
날마다 풀을 따서 물에 던지고
흘러가는 잎이나 맘 헤보아요

그를 꿈꾼 밤

야밤중, 불빛이 발갛게
어렴풋이 보여라.

들리는 듯, 마는 듯,
발자국 소리.
스러져 가는 발자국 소리.

아무리 혼자 누어 몸을 뒤재도
잃어버린 잠은 다시 안와라.

야밤중, 불빛이 발갛게
어렴풋이 보여라.

나의 집

들가에 떨어져 나가 앉은 메기슭의
넓은 바다의 물가 뒤에,
나는 지으리, 나의 집을,
다시금 큰길을 앞에다 두고.
길로 지나가는 그 사람들은
제각금 떨어져서 혼자 가는 길.
하이얀 여울턱에 날은 저물 때.
나는 문(門)간에 서서 기다리리
새벽 새가 울며 지새는 그늘로
세상은 희게, 또는 고요하게,
번쩍이며 오는 아침부터,
지나가는 길손을 눈여겨보며,
그대인가고, 그대인가고.

닭은 꼬꾸요

닭은 꼬꾸요, 꼬꾸요 울 제,
헛잡으니 두 팔은 밀려났네.
애도 타리만치 기나긴 밤은……
꿈 깨친 뒤엔 감도록 잠 아니 오네.

위에는 청초(靑草) 언덕, 곳은 깁섬,
엊저녁 대인 남포(南浦) 뱃간.
몸을 잡고 뒤재며 누웠으면
솜솜하게도 감도록 그리워 오네.

아무리 보아도
밝은 등(燈)불, 어스렷한데.
감으면 눈 속엔 흰 모래밭,
모래에 어린 안개는 물위에 슬 제

대동강(大同江) 뱃나루에 해 돋아 오네.

바다

뛰노는 흰 물결이 일고 또 잦는
붉은 풀이 자라는 바다는 어디

고기잡이꾼들이 배 위에 앉아
사랑 노래 부르는 바다는 어디

파랗게 좋이 물든 남(藍)빛 하늘에
저녁놀 스러지는 바다는 어디

곳 없이 떠다니는 늙은 물새가
떼를 지어 좇니는 바다는 어디

건너서서 저편(便)은 딴 나라이라
가고 싶은 그리운 바다는 어디

삭주구성(朔州龜城)

물로 사흘 배 사흘
먼 삼천리(三千里)
더더구나 걸어 넘는 먼 삼천리(三千里)
삭주구성(朔州龜城)은 산(山)을 넘은 육천리(六千里)요

물 맞아 함빡히 젖은 제비도
가다가 비에 걸려 오노랍니다
저녁에는 높은 산(山)
밤에 높은 산(山)

삭주구성(朔州龜城)은 산(山) 넘어
먼 육천리(六千里)
가끔가끔 꿈에는 사오천리(四五千里)
가다오다 돌아오는 길이겠지요

서로 떠난 몸이길래 몸이 그리워
님을 둔 곳이길래 곳이 그리워
못 보았소 새들도 집이 그리워
남북(南北)으로 오며 가며 아니 합디까

들 끝에 날아가는 나는 구름은

밤쯤은 어디 바로 가 있을 텐고

삭주구성(朔州龜城)은 산(山) 넘어

먼 육천리(六千里)

잊었던 맘

집을 떠나 먼 저곳에
외로이도 다니던 내 심사(心事)를!
바람불어 봄꽃이 필 때에는,
어쩌타 그대는 또 왔는가,
저도 잊고 나니 저 모르던 그대
어찌하여 옛날의 꿈조차 함께 오는가.
쓸데도 없이 서럽게만 오고 가는 맘.

제비

하늘로 날아다니는 제비의 몸으로도
일정(一定)한 깃을 두고 돌아오거든!
어찌 설지 않으랴, 집도 없는 몸이야!

5부

설움

먼 후일

먼 후일 당신이 찾으시면
그때에 내 말이 '잊었노라'

당신이 속으로 나무라면
'무척 그리다가 잊었노라'

그래도 당신이 나무라면
'믿기지 않아서 잊었노라'

오늘도 어제도 아니 잊고
먼 후일 그때에 '잊었노라'

가을 아침에

어둑한 퍼스렷한 하늘 아래서
회색(灰色)의 지붕들은 번쩍거리며,
성깃한 섶나무의 드문 수풀을
바람은 오다가다 울며 만날 때,
보일락말락하는 멧골에서는
안개가 어스러히 흘러 쌓여라.

아아 이는 찬비 온 새벽이러라.
냇물도 잎새 아래 얼어붙누나.
눈물에 쌓여 오는 모든 기억(記憶)은
피 흘린 상처(傷處)조차 아직 새로운
가주난 아기같이 울며 서두는
내 영(靈)을 에워싸고 속살거려라.

그대의 가슴속이 가볍던 날
그리운 그 한때는 언제였었노!
아아 어루만지는 고운 그 소리
쓰라린 가슴에서 속살거리는,
미움도 부끄럼도 잊은 소리에,

끝없이 하염없이 나는 울어라.

가을 저녁에

물은 희고 길구나, 하늘보다도.
구름은 붉구나, 해보다도.
서럽다, 높아 가는 긴 들 끝에
나는 떠돌며 울며 생각한다, 그대를.

그늘 깊이 오르는 발 앞으로
끝없이 나아가는 길은 앞으로.
키 높은 나무 아래로, 물 마을은
성긋한 가지가지 새로 떠오른다.

그 누가 온다고 한 언약(言約)도 없건마는!
기다려 볼 사람도 없건마는!
나는 오히려 못 물가를 싸고 떠돈다.
그 못물로는 놀이 잦을 때.

귀뚜라미

산(山)바람 소리.

찬비 듣는 소리.

그대가 세상(世上) 고락(苦樂) 말하는 날 밤에,

순막집 불도 지고 귀뚜라미 울어라.

깊이 믿던 심성(心誠)

깊이 믿던 심성(心誠)이 황량(荒凉)한 내 가슴 속에,

오고가는 두서너 구우(舊友)를 보면서 하는 말이

이제는, 당신네들도 다 쓸데없구려!

꿈 1

닭 개 짐승조차도 꿈이 있다고
이르는 말이야 있지 않은가,
그러하다, 봄날은 꿈꿀 때.
내 몸에야 꿈이나 있으랴,
아아 내 세상의 끝이여,
나는 꿈이 그리워, 꿈이 그리워.

꿈 2

꿈은 영(靈)의 헤적임. 설움의 고향(故鄕).
울자, 내 사랑, 꽃 지고 저무는 봄.

낙천(樂天)

살기에 이러한 세상이라고
맘을 그렇게나 먹어야지,
살기에 이러한 세상이라고,
꽃 지고 잎 진 가지에 바람이 운다.

남의 나라 땅

돌아다 보이는 무쇠다리
얼결에 띄워 건너서서
숨 고르고 발 놓는 남의 나라 땅.

님에게

한때는 많은 날을 당신 생각에
밤까지 새운 일도 없지 않지만
아직도 때마다는 당신 생각에
차가운 베갯가의 꿈은 있지만

낯모를 딴 세상의 네길거리에
애달피 날 저무는 갓 스물이요
캄캄한 어두운 밤들에 헤매도
당신은 잊어버린 설움이외다

당신을 생각하면 지금이라도
비오는 모래밭에 오는 눈물의
차가운 베갯가의 꿈은 있지만
당신은 잊어버린 설움이외다

달맞이

정월(正月) 대보름날 달맞이,
달맞이 달마중을, 가자고!
새라 새 옷은 갈아입고도
가슴엔 묵은 설움 그대로,
달맞이 달마중을, 가자고!
달마중 가자고 이웃집들!
산(山) 위에 수면(水面)에 달 솟을 때,
돌아들 가자고, 이웃집들!
모작별 삼성이 떨어질 때.
달맞이 달마중을 가자고!
다니던 옛동무 무덤가에
정월(正月) 대보름날 달맞이!

바다가 변하여 뽕나무밭 된다고

걷잡지 못할 만한 나의 이 설움,
저무는 봄 저녁에 져가는 꽃잎,
져가는 꽃잎들은 나부끼어라.
예로부터 일러 오며 하는 말에도
바다가 변(變)하여 뽕나무밭 된다고.
그러하다, 아름다운 청춘(靑春)의 때에
있다던 온갖 것은 눈에 설고
다시금 낯모르게 되나니,
보아라, 그대여, 서럽지 않은가,
봄에도 삼월(三月)의 져가는 날에
붉은 피같이도 쏟아 쳐 내리는
저기 저 꽃잎들을, 저기 저 꽃잎들을.

무심(無心)

시집와서 삼년(三年)
오는 봄은
거친 벌 난벌에 왔습니다

거친 벌 난벌에 피는 꽃은
졌다가도 피노라 이릅디다
소식 없이 기다린
이태 삼년(三年)

바로 가던 앞 강(江)이 간봄부터
구비 돌아 휘돌아 흐른다고
그러나 말 마소, 앞여울의
물빛은 예대로 푸르렀소

시집와서 삼년(三年)
어느 때나
터진 개 개여울의 여울물은
거친 벌 난벌에 흘렀습니다.

바리운 몸

꿈에 울고 일어나
들에
나와라.

들에는 소슬비
머구리는 울어라.
들 그늘 어두운 데

뒷짐 지고 땅 보며 머뭇거릴 때.

누가 반딧불 꾀어드는 수풀 속에서
간다 잘 살어라 하며, 노래 불러라.

반달

희멀끔하여 떠돈다, 하늘 위에,
빛 죽은 반(半)달이 언제 올랐나!
바람은 나온다, 저녁은 춥구나,
흰 물가엔 뚜렷이 해가 드누나.

어두컴컴한 풀 없는 들은
찬 안개 위로 떠 흐른다.
아, 겨울은 깊었다, 내 몸에는,
가슴이 무너져 내려앉는 이 설움아!

가는 님은 가슴에 사랑까지 없애고 가고
젊음은 늙음으로 바뀌어 든다.
들가시나무의 밤 드는 검은 가지
잎새들만 저녁 빛에 희그무레히 꽃 지듯 한다.

봄비

어룰 없이 지는 꽃은 가는 봄인데
어룰 없이 오는 비에 봄은 울어라.
서럽다 이 나의 가슴속에는!
보라, 높은 구름 나무의 푸릇한 가지.
그러나 해 늦으니 어스름인가.
애달피 고운 비는 그어 오지만
내 몸은 꽃자리에 주저앉아 우노라.

산

산(山)새도 오리나무
위에서 운다
산(山)새는 왜 우노, 시메산(山)골
영(嶺) 넘어 갈라고 그래서 울지.

눈은 내리네, 와서 덮이네.
오늘도 하룻길
칠팔십리(七八十里)
돌아서서 육십리(六十里)는 가기도 했소.

불귀(不歸), 불귀(不歸), 다시 불귀(不歸),
삼수갑산(三水甲山)에 다시 불귀(不歸).
사나이 속이라 잊으련만,
십오 년 정분을 못 잊겠네

산에는 오는 눈, 들에는 녹는 눈.
산(山)새도 오리나무
위에서 운다.
삼수갑산(三水甲山) 가는 길은 고개의 길.

생과 사

살았대나 죽었대나 같은 말을 가지고
사람은 살아서 늙어서야 죽나니,
그러하면 그 역시(亦是) 그럴듯도 한 일을,
하필(何必)코 내 몸이라 그 무엇이 어째서
오늘도 산(山)마루에 올라서서 우느냐.

설움의 덩이

꿇어앉아 올리는 향로(香爐)의 향(香)불.

내 가슴에 조그만 설움의 덩이.

초닷새 달 그늘에 빗물이 운다.

내 가슴에 조그만 설움의 덩이.

6부

추억

엄마야 누나야

엄마야 누나야
강변 살자.
뜰에는 반짝이는 금모래 빛.
뒷문 밖에는 갈잎의 노래.
엄마야 누나야
강변 살자.

개여울

당신은 무슨 일로
그리합니까?
홀로이 개여울에 주저앉아서

파릇한 풀포기가
돋아 나오고
잔물은 봄바람에 헤적일 때에

가도 아주 가지는
않노라시던
그러한 약속(約束)이 있었겠지요

날마다 개여울에
나와 앉아서
하염없이 무엇을 생각합니다

가도 아주 가지는
않노라심은
굳이 잊지 말라는 부탁인지요

기억(記憶)

달 아래 시멋 없이 섰던 그 여자,
서있던 그 여자의 해쓱한 얼굴,
해쓱한 그 얼굴 적이 파릇함.
다시금 실 뻗듯한 가지 아래서
시커먼 머리낄은 번쩍거리며.
다시금 하룻밤의 식는 강(江)물을
평양(平壤)의 긴단장은 숫고 가던 때.
오오 그 시멋 없이 섰던 여자여!

그립다 그 한밤을 내게 가깝던
그대여 꿈이 깊던 그 한동안을
슬픔에 귀여움에 다시 사랑의
눈물에 우리 몸이 맡기웠던 때.
다시금 고즈넉한 성(城)밖 골목의
사월(四月)의 늦어가는 뜬눈의 밤을
한두 개(個) 등(燈)불 빛은 울어 새던 때.
오오 그 시멋 없이 섰던 여자여!

님의 말씀

세월이 물과 같이 흐른 두 달은
길어둔 독엣물도 찌었지마는
가면서 함께 가자하던 말씀은
살아서 살을 맞는 표적이외다

봄풀은 봄이 되면 돋아나지만
나무는 밑그루를 꺾은 셈이요
새라면 두 죽지가 상(傷)한 셈이라
내 몸에 꽃필 날은 다시 없구나

밤마다 닭소리라 날이 첫시(時)면
당신의 넋맞이로 나가볼 때요
그믐에 지는 달이 산에 걸리면
당신의 길신가리 차릴 때외다

세월은 물과 같이 흘러가지만
가면서 함께 가자하던 말씀은
당신을 아주 잊던 말씀이지만
죽기 전(前) 또 못 잊을 말씀이외다

담배

나의 긴 한숨을 동무하는
못 잊게 생각나는 나의 담배!
내력(來歷)을 잊어버린 옛 시절(時節)에
낳다가 새 없이 몸이 가신
아씨님 무덤 위의 풀이라고
말하는 사람도 보았어라.
어물어물 눈앞에 쓰러지는 검은 연기(煙氣),
다만 타불고 없어지는 불꽃.
아 나의 괴로운 이 맘이여.
나의 하염없이 쓸쓸한 많은 날은
너와 한가지로 지나가라.

만리성(萬里城)

밤마다 밤마다
온 하루 밤!
쌓았다 헐었다
긴 만리성(萬里城!)

물마름

주으린 새무리는 마른 나무의
해지는 가지에서 재갈이던 때.
온종일 흐르던 물 그도 곤(困)하여
놀지는 골짜기에 목이 메던 때.

그 누가 알았으랴 한쪽 구름도
걸려서 흐느끼는 외로운 영(嶺)을
숨차게 올라서는 여윈 길손이
달고 쓴 맛이라면 다 겪은 줄을.

그곳이 어디드냐 남이장군(南怡將軍)이
말 먹여 물 찌었던 푸른 강(江)물이
지금에 다시 흘러 둑을 넘치는
천백리(千百里) 두만강(豆滿江)이 예서 백십리(百十里).

무산(茂山)의 큰 고개가 예가 아니냐
누구나 예로부터 의(義)를 위하여
싸우다 못 이기면 몸을 숨겨서
한때의 못난이가 되는 법이라.

그 누가 생각하랴 삼백년래(三百年來)에
참아 받지 다 못할 한(恨)과 모욕(侮辱)을
못 이겨 칼을 잡고 일어섰다가
인력(人力)의 다함에서 쓰러진 줄을.

부러진 대쪽으로 활을 메우고
녹슬은 호미쇠로 칼을 별러서
도독(毒)된 삼천리(三千里)에 북을 울리며
정의(正義)의 기(旗)를 들던 그 사람이여.

그 누가 기억(記憶)하랴 다복동(多福洞)에서
피 물든 옷을 입고 외치던 일을
정주성(定州城) 하룻밤의 지는 달빛에
애그친 그 가슴이 숫기된 줄을.

물위의 뜬 마름에 아침 이슬을
불붙는 산(山)마루에 피었던 꽃을
지금에 우러르며 나는 우노라
이루며 못 이룸에 박(薄)한 이름을.

어인(漁人)

헛된 줄 모르고나 살면 좋와도!
오늘도 저 넘에 편(便) 마을에서는
고기잡이 배 한 척(隻) 길 떠났다고.
작년(昨年)에도 바닷놀이 무서웠건만.

여수(旅愁)

一

유월(六月) 어스름 때의 빗줄기는
암황색(暗黃色)의 시골(屍骨)을 묶어세운 듯,
뜨며 흐르며 잠기는 손의 널쪽은
지향(指向)도 없어라, 단청(丹靑)의 홍문(紅門)!

二

저 오늘도 그리운 바다,
건너다 보자니 눈물겨워라!
조그마한 보드라운 그 옛적 심정(心情)의
분결같던 그대의 손의
사시나무보다도 더한 아픔이
내 몸을 에워싸고 휘 떨며 찔러라,
나서 자란 고향(故鄕)의 해 돋는 바다요.

여자의 냄새

푸른 구름의 옷 입은 달의 냄새.
붉은 구름의 옷 입은 해의 냄새.
아니, 땀 냄새, 때 묻은 냄새,
비에 맞아 차가운 살과 옷 냄새.

푸른 바다…… 어즐이는 배……
보드라운 그리운 어떤 목숨의
조그마한 푸릇한 그무러진 영(靈)
어우러져 비끼는 살의 아우성……

다시는 장사(葬事) 지나간 숲속의 냄새.
유령(幽靈) 실은 널뛰는 뱃간의 냄새.
생고기의 바다의 냄새.
늦은 봄의 하늘을 떠도는 냄새.

모래 둔덕 바람은 그물 안개를 불고
먼 거리의 불빛은 달 저녁을 울어라.
냄새 많은 그 몸이 좋습니다.
냄새 많은 그 몸이 좋습니다.

옛 이야기

고요하고 어두운 밤이 오면은
어스러한 등(燈)불에 밤이 오면은
외로움에 아픔에 다만 혼자서
하염없는 눈물에 저는 웁니다

제 한 몸도 예전엔 눈물 모르고
조그마한 세상(世上)을 보냈습니다
그때는 지난날의 옛이야기도
아무 설움 모르고 외웠습니다

그런데 우리 님이 가신 뒤에는
아주 저를 버리고 가신 뒤에는
전(前)날에 제게 있던 모든 것들이
가지가지 없어지고 말았습니다

그러나 그 한때에 외워 두었던
옛 이야기만은 남았습니다
나날이 짙어가는 옛이야기는
부질없이 제 몸을 울려 줍니다

우리집

이바루
외따로 와 지나는 사람 없으니
밤 자고 가자하며 나는 앉어라.

저 멀리, 하늘 편(便)에
배는 떠나 나가는
노래 들리며

눈물은
흘러나려라
스르르 내려 감는 눈에.

꿈에도 생시에도 눈에 선한 우리 집

또 저 산 넘어 넘어
구름은 가라.

지연(紙鳶)

오후(午後)의 네길거리 해가 들었다,

시정(市井)의 첫겨울의 적막(寂寞)함이여,

우둑히 문어귀에 혼자 섰으면,

흰 눈의 잎사귀, 지연(紙鳶)이 뜬다.

집 생각

산에나 올라서서
바다를 보라
사면(四面)에 백(百) 열리(里), 창파(滄波) 중에
객선(客船)만 둥둥…… 떠나간다.

명산대찰(名山大刹)이 그 어디메냐
향안(香案), 향합(香盒), 대그릇에,
석양(夕陽)이 산(山)머리 넘어가고
사면(四面)에 백(百) 열리(里), 물소리라

젊어서 꽃 같은 오늘날로
금의(錦衣)로 환고향(還故鄕)하옵소사.
객선(客船)만 둥둥…… 떠나간다
사면(四面)에 백(百) 열리(里), 나 어찌 갈까

까투리도 산(山) 속에 새끼치고
타관만리(他關萬里)에 와 있노라고
산중만 바라보며 목메인다
눈물이 앞을 가리운다고

들에나 내려오면

쳐다보라

해님과 달님이 넘나든 고개

구름만 첩첩……떠돌아간다

7부

고독

길

어제도 하룻밤
나그네 집에
까마귀 가왁가왁 울며 새었소.

오늘은
또 몇 십리
어디로 갈까.

산으로 올라갈까
들로 갈까
오라는 곳이 없어 나는 못 가오.

말 마소 내 집도
정주(定州) 곽산(郭山)
차 가고 배 가는 곳이라오.

여보소 공중에
저 기러기
공중엔 길 있어서 잘 가는가?

여보소 공중에

저 기러기

열십자 복판에 내가 섰소.

갈래갈래 갈린 길

길이라도

내게 바이 갈 길은 하나 없소

강촌(江村)

날 저물고 돋는 달에
흰 물은 쏼쏼……
금모래 반짝…….
청(靑)노새 몰고 가는 낭군(郞君)!
여기는 강촌(江村)
강촌(江村)에 내 몸은 홀로 사네.
말하자면, 나도 나도
늦은 봄 오늘이 다 진(盡)토록
백년처권(百年妻眷)을 울고 가네.
길쎄 저문 나는 선비,
당신은 강촌(江村)에 홀로된 몸.

개아미

진달래꽃이 피고
바람은 버들가지에서 울 때,
개아미는
허리 가늗한 개아미는
봄날의 한나절, 오늘 하루도
고달피 부지런히 집을 지어라.

닭소리

그대만 없게 되면
가슴 뛰는 닭소리 늘 들어라.

밤은 아주 새어올 때
잠은 아주 달아날 때

꿈은 이루기 어려워라.

저리고 아픔이여
살기가 왜 이리 고달프냐.

새벽 그림자 산란(散亂)한 들풀 위를
혼자서 거닐어라.

맘에 있는 말이라고 다 할까 보냐

하소연하며 한숨을 지으며
세상을 괴로워하는 사람들이여!
말을 나쁘지 않도록 좋게 꾸밈은
달라진 이 세상의 버릇이라고, 오오 그대들!
맘에 있는 말이라고 다 할까보냐.
두세 번(番) 생각하라, 위선(爲先) 그것이
저부터 밑지고 들어가는 장사일진댄.
사는 법(法)이 근심은 못 같은다고,
남의 설움을 남은 몰라라.
말마라, 세상, 세상 사람은
세상에 좋은 이름 좋은 말로써
한 사람을 속옷마저 벗긴 뒤에는
그를 네길거리에 세워 놓아라, 장승도 마찬가지.
이 무슨 일이냐, 그날로부터,
세상 사람들은 제각금 제 비위(脾胃)의 헐한 값으로
그의 몸값을 매마쟈고 덤벼들어라.
오오 그러면, 그대들은 이후에라도
하늘을 우러르라, 그저 혼자, 섧거나 괴롭거나.

무덤

그 누가 나를 헤내는 부르는 소리

붉으스름한 언덕, 여기저기

돌무더기도 움직이며, 달빛에,

소리만 남은 노래 서리워 엉겨라,

옛 조상(祖上)들의 기록(記錄)을 묻어둔 그곳!

나는 두루 찾노라, 그곳에서,

형적 없는 노래 흘러 퍼져,

그림자 가득한 언덕으로 여기저기,

그 누구가 나를 헤내는 부르는 소리

부르는 소리, 부르는 소리,

내 넋을 잡아 끌어 헤내는 부르는 소리.

무신(無信)

그대가 돌이켜 물을 줄도 내가 아노라,
무엇이 무신(無信)함이 있더냐? 하고,
그러나 무엇하랴 오늘날은
야속히도 당장에 우리 눈으로
볼 수 없는 그것을, 물과 같이
흘러가서 없어진 맘이라고 하면.

검은 구름은 메기슭에서 어정거리며,
애처롭게도 우는 산(山)의 사슴이
내 품에 속속들이 붙안기는 듯.
그러나 밀물도 쎄이고 밤은 어두워
닻 주었던 자리는 알 길이 없어라.
시정(市井)의 흥정 일은
외상(外上)으로 주고받기도 하건마는.

묵념(默念)

이슥한 밤, 밤기운 서늘할 제
홀로 창(窓)턱에 걸어앉아, 두 다리 늘이우고,
첫 머구리 소리를 들어라.
애처롭게도, 그대는 먼첨 혼자서 잠드누나.

내 몸은 생각에 잠잠할 때. 희미한 수풀로써
촌가(村家)의 액(厄)막이 제(祭)지내는 불빛은 새어오며,
이윽고, 비난수도 머구 소리와 함께 잦아져라.
가득히 차오는 내 심령(心靈)은…… 하늘과 땅 사이에.

나는 무심히 일어 걸어 그대의 잠든 몸 위에 기대어라
움직임 다시없이, 만뢰(萬籟)는 구적(俱寂)한데,
조요(照耀)히 내려 비추는 별빛들이
내 몸을 이끌어라, 무한(無限)히 더 가깝게.

부귀공명(富貴功名)

거울 들어 마주 온 내 얼굴을
좀 더 미리부터 알았던들,
늙는 날 죽는 날을
사람은 다 모르고 사는 탓에,
오오 오직 이것이 참이라면,
그러나 내 세상이 어디인지?
지금부터 두 여덟 좋은 연광(年光)
다시 와서 내게도 있을 말로
전(前)보다 좀 더 전(前)보다 좀더
살음즉이 살련지 모르련만.
거울 들어 마주 온 내 얼굴을
좀 더 미리부터 알았던들!

부엉새

간밤에
뒷 창(窓) 밖에
부엉새가 와서 울더니,
하루를 바다 위에 구름이 캄캄.
오늘도 해 못 보고 날이 저무네.

사노라면 사람은 죽는 것을

하루라도 몇 번(番)씩 내 생각은
내가 무엇하려고 살려는지?
모르고 살았노라, 그럴 말로
그러나 흐르는 저 냇물이
흘러가서 바다로 든댈진댄.
일로조차 그러면, 이 내 몸은
애쓴다고는 말부터 잊으리라.
사노라면 사람은 죽는 것을
그러나, 다시 내 몸,
봄빛의 불붙는 사태흙에
집 짓는 저 개아미
나도 살려 하노라, 그와 같이
사는 날 그날까지
살음에 즐거워서,
사는 것이 사람의 본뜻이면
오오 그러면 내 몸에는
다시는 애쓸 일도 더 없어라
사노라면 사람은 죽는 것을.

새벽

낙엽(落葉)이 발이 숨는 못물가에
우뚝우뚝한 나무 그림자
물빛조차 어섬푸레히 떠오르는데,
나 혼자 섰노라, 아직도 아직도,
동(東)녘 하늘은 어두운가.
천인(天人)에도 사랑 눈물, 구름 되어,
외로운 꿈의 베개, 흐렸는가
나의 님이여, 그러나 그러나
고이도 붉으스레 물 질러 와라
하늘 밟고 저녁에 섰는 구름.
반(半)달은 중천(中天)에 지새일 때.

서울 밤

붉은 전등(電燈).

푸른 전등(電燈).

넓다란 거리면 푸른 전등(電燈).

막다른 골목이면 붉은 전등(電燈).

전등(電燈)은 반짝입니다.

전등(電燈)은 그무립니다.

전등(電燈)은 또다시 어스렷합니다.

전등(電燈)은 죽은 듯한 긴 밤을 지킵니다.

나의 가슴의 속모를 곳의

어둡고 밝은 그 속에서도

붉은 전등(電燈)이 흐드겨 웁니다.

푸른 전등(電燈)이 흐드겨 웁니다.

붉은 전등(電燈).

푸른 전등(電燈).

머나먼 밤하늘은 새캄합니다.

머나먼 밤하늘은 새캄합니다.

서울 거리가 좋다고 해요.

서울 밤이 좋다고 해요.

붉은 전등(電燈).

푸른 전등(電燈).

나의 가슴의 속모를 곳의

푸른 전등(電燈)은 고적(孤寂)합니다.

붉은 전등(電燈)은 고적(孤寂)합니다.

수아(樹芽)

섧다 해도
웬만한,
봄이 아니어,
나무도 가지마다 눈을 텄어라!

엄숙

나는 혼자 뫼 위에 올랐어라.
솟아 퍼지는 아침 햇볕에
풀잎도 번쩍이며
바람은 속삭여라.
그러나
아아 내 몸의 상처(傷處)받은 맘이여
맘은 오히려 저프고 아픔에 고요히 떨려라
또 다시금 나는 이 한때에
사람에게 있는 엄숙을 모두 느끼면서.

열락(悅樂)

어둡게 깊게 목 메인 하늘.
꿈의 품속으로써 굴러 나오는
애달피 잠 안 오는 유령(幽靈)의 눈결.
그림자 검은 개버드나무에
쏟아져 내리는 비의 줄기는
흐느껴 비끼는 주문(呪文)의 소리.

시커먼 머리채 풀어헤치고
아우성하면서 가시는 따님.
헐벗은 벌레들은 꿈틀일 때,
흑혈(黑血)의 바다. 고목(枯木) 동굴(洞窟).

탁목조(啄木鳥)의
쪼아리는 소리, 쪼아리는 소리.

황촉(黃燭)불

황촉(黃燭)불, 그저도 까맣게
스러져 가는 푸른 창(窓)을 기대고
소리조차 없는 흰 밤에,
나는 혼자 거울에 얼굴을 묻고
뜻 없이 생각 없이 들여다보노라.
나는 이르노니, 우리 사람들
첫날밤은 꿈속으로 보내고
죽음은 조는 동안에 와서,
별(別) 좋은 일도 없이 스러지고 말어라.

8부

희망

바라건대는 우리에게
우리의 보습 대일 땅이 있었더면

나는 꿈꾸었노라, 동무들과 내가 가지런히
벌가의 하루 일을 다 마치고
석양에 마을로 돌아오는 꿈을,
즐거이, 꿈 가운데.

그러나 집 잃은 내 몸이여,
바라건대는 우리에게 우리의 보습 대일 땅이 있었더
면!
이처럼 떠돌으랴, 아침에 저물 손에
새라 새로운 탄식을 얻으면서.

동이랴, 남북이랴,
내 몸은 떠가나니, 볼지어다,
희망의 반짝임은, 별빛의 아득임은,
물결뿐 떠올라라, 가슴에 팔 다리에.

그러나 어쩌면 황송한 이 심정을! 날로 나날이 내 앞
에는

자칫 가느른 길이 이어가라. 나는 나아가리라

한 걸음, 또 한 걸음, 보이는 산비탈엔

온 새벽 동무들, 저 저 혼자… 산경(山耕)을 김매이는.

밭고랑 위에서

우리 두 사람은
키 높이 가득 자란 보리 밭, 밭고랑 위에 앉았어라.
일을 마치고 쉬는 동안의 기쁨이여.
지금 두 사람의 이야기에는 꽃이 필 때.

오오 빛나는 태양은 내려 쪼이며
새 무리들도 즐거운 노래, 노래 불러라.
오오 은혜여, 살아 있는 몸에는 넘치는 은혜여,
모든 은근스러움이 우리의 맘속을 차지하여라.

세계의 끝은 어디?
자애의 하늘은 넓게도 덮였는데,
우리 두 사람은 일하며, 살아 있었어.
하늘과 태양을 바라보아라 날마다 날마다도,
새라 새로운 환희를 지어내며, 늘 같은 땅 위에서.

다시 한 번 활기 있게 웃고 나서, 우리 두 사람은
바람에 일리우는 보리밭 속으로
호미 들고 들어갔어라, 가지런히.

걸어 나아가는 기쁨이여, 오오 생명의 향상이여.

꿈길

물 구슬의 봄 새벽 아득한 길
하늘이며 들 사이에 넓은 숲
젖은 향기(香氣) 불긋한 잎 위의 길
실그물의 바람 비쳐 젖은 숲
나는 걸어가노라 이러한 길
밤저녁의 그늘진 그대의 꿈
흔들리는 다리 위 무지개 길
바람조차 가을 봄 걷히는 꿈

들돌이

들꽃은
피어
흩어졌어라.

들풀은
들로 한 벌 가득히 자라 높았는데
뱀의 헐벗은 묵은 옷은
길 분전의 바람에 날아 돌아라.

저 보아, 곳곳이 모든 것은
번쩍이며 살아 있어라.
두 나래 펼쳐 떨며
소리개도 높이 떴어라.

때에 이내 몸
가다가 또다시 쉬기도 하며,
숨에 찬 내 가슴은

걸음은 다시금 또 더 앞으로……

마른 강(江)두덕에서

서리 맞은 잎들만 쌔울지라도
그 밑에야 강(江)물의 자취 아니랴
잎새 위에 밤마다 우는 달빛이
흘러가던 강(江)물의 자취 아니랴

빨래 소리 물소리 선녀(仙女)의 노래
물 스치던 돌 위엔 물때뿐이라
물때 묻은 조약돌 마른 갈숲이
이제라고 강(江)물의 터야 아니랴

빨래 소리 물소리 선녀(仙女)의 노래
물 스치던 돌 위엔 물때뿐이라

붉은 조수(潮水)

바람에 밀려드는 저 붉은 조수(潮水)

저 붉은 조수(潮水)가 밀어들 때마다

나는 저 바람 위에 올라서서

푸릇한 구름의 옷을 입고

불 같은 저 해를 품에 안고

저 붉은 조수(潮水)와 나는 함께

뛰놀고 싶구나, 저 붉은 조수(潮水)와.

비난수하는 맘

함께 하려노라, 비난수하는 나의 맘,
모든 것을 한 짐에 묶어 가지고 가기까지,
아침이면 이슬 맞은 바위의 붉은 줄로,
기어오르는 해를 바라다보며, 입을 벌리고.

떠돌아라, 비난수하는 맘이어, 갈매기같이,
다만 무덤뿐이 그늘을 어른이는 하늘 위를,
바닷가의. 잃어버린 세상의 있다던 모든 것들은
차라리 내 몸이 죽어 가서 없어진 것만도 못하건만.

또는 비난수하는 나의 맘, 헐벗은 산(山) 위에서,
떨어진 잎 타서 오르는, 냇내의 한줄기로,
바람에 나부끼라 저녁은, 흩어진 거미줄의
밤에 매던 이슬은 곧 다시 떨어진다고 할지라도.

함께 하려 하노라, 오오 비난수하는 나의 맘이여,
있다가 없어지는 세상에는
오직 날과 날이 닭 소리와 함께 달아나 버리며,
가까웁는, 오오 가까웁는 그대뿐이 내게 있거라!

실제(失題) 1

동무들 보십시오 해가 집니다
해지고 오늘날은 가노랍니다
윗옷을 잽시 빨리 입으십시오
우리도 산(山)마루로 올라갑시다

동무들 보십시오 해가 집니다
세상의 모든 것은 빛이 납니다
이제는 주춤주춤 어둡습니다
예서 더 저문 때를 밤이랍니다

동무들 보십시오 밤이 옵니다
박쥐가 발부리에 일어납니다
두 눈을 인제 그만 감으십시오
우리도 골짜기로 내려갑시다

실제(失題) 2

이 가람과 저 가람이 모두 처 흘러
그 무엇을 뜻하는고?

미더움을 모르는 당신의 맘

죽은 듯이 어두운 깊은 골의
꺼림직한 괴로운 몹쓸 꿈의
퍼르죽죽한 불길은 흐르지만
더듬기에 지치운 두 손길은
불어 가는 바람에 식히셔요
밝고 호젓한 보름달이
새벽의 흔들리는 물노래로
수줍음에 추움에 숨을 듯이
떨고 있는 물 밑은 여기외다.

미더움을 모르는 당신의 맘

저 산(山)과 이 산(山)이 마주서서
그 무엇을 뜻하는고?

여름의 달밤

서늘하고 달 밝은 여름밤이어
구름조차 희미한 여름밤이어
그지없이 거룩한 하늘로써는
젊음의 붉은 이슬 젖어 내려라.

행복(幸福)의 맘이 도는 높은 가지의
아슬아슬 그늘 잎새를
배불러 기어 도는 어린 벌레도
아아 모든 물결은 복(福)받았어라.

뻗어 뻗어 오르는 가시덩굴도
희미(稀微)하게 흐르는 푸른 달빛이
기름 같은 연기(煙氣)에 떡 감을러라.
아아 너무 좋아서 잠 못 들어라.

우긋한 풀대들은 춤을 추면서
갈잎들은 그윽한 노래 부를 때.
오오 내려 흔드는 달빛 가운데
나타나는 영원(永遠)을 말로 새겨라.

자라는 물벼 이삭 벌에서 불고
마을로 은(銀) 슷듯이 오는 바람은
눅잣추는 향기(香氣)를 두고 가는데
인가(人家)들은 잠들어 고요하여라.

하루 종일(終日) 일하신 아기 아버지
농부(農夫)들도 편안(便安)히 잠들었어라.
영 기슭의 어득한 그늘 속에선
쇠스랑과 호미뿐 빛이 피어라.

이윽고 식새리소리는
밤이 들어가면서 더욱 잦을 때
나락밭 가운데의 우물 물가에는
농녀(農女)의 그림자가 아직 있어라.

달빛은 그무리며 넓은 우주(宇宙)에
잃어졌다 나오는 푸른 별이요.
식새리의 울음의 넘는 곡조(曲調)요.
아아 기쁨 가득한 여름밤이여.

삼간집에 불붙는 젊은 목숨의

정열(情熱)에 목 맺히는 우리 청춘(靑春)은
서늘한 여름 밤 잎새 아래의
희미한 달빛 속에 나부끼어라.

한때의 자랑 많은 우리들이여
농촌(農村)에서 지나는 여름보다도
여름의 달밤보다 더 좋은 것이
인간(人間)에 이 세상에 다시 있으랴.

조그만 괴로움도 내어버리고
고요한 가운데서 귀기울이며
흰 달의 금물결에 노(櫓)를 저어라
푸른 밤의 하늘로 목을 놓아라.

아아 찬양(讚揚)하여라 좋은 한때를
흘러가는 목숨을 많은 행복(幸福)을.
여름의 어스러한 달밤 속에서
꿈같은 즐거움의 눈물 흘러라.

옛낮

생각의 끝에는 졸음이 오고
그리움 끝에는 잊음이 오나니,
그대여, 말을 말어라, 이후(後)부터,
우리는 옛낮 없는 설움을 모르리.

오는 봄

봄날이 오리라고 생각하면서
쓸쓸한 긴 겨울을 지나보내라.
오늘 보니 백양(白楊)의 뻗은 가지에
전(前)에 없이 흰 새가 앉아 울어라.

그러나 눈이 깔린 두던 밑에는
그늘이냐 안개냐 아지랑이냐.
마을들은 곳곳이 움직임 없이
저편(便) 하늘 아래서 평화(平和)롭건만.

새들게 지껄이는 까치의 무리.
바다를 바라보며 우는 까마귀.
어디로써 오는지 종경 소리는
젊은 아기 나가는 조곡(弔曲)일러라.

보라 때에 길손도 머뭇거리며
지향 없이 갈 발이 곳을 몰라라.
사무치는 눈물은 끝이 없어도
하늘을 쳐다보는 살음의 기쁨.

저마다 외로움의 깊은 근심이
오도 가도 못하는 망상거림에
오늘은 사람마다 님을 여의고
곳을 잡지 못하는 설움일러라.

오기를 기다리는 봄의 소리는
때로 여윈 손끝을 울릴지라도
수풀 밑에 서리운 머리카락들은
걸음 걸음 괴로이 발에 감겨라.

저녁 때

마소의 무리와 사람들은 돌아들고, 적적(寂寂)히 빈 들에,
엉머구리 소리 우거져라.
푸른 하늘은 더욱 낮추, 먼 산(山)비탈길 어둔데
우뚝우뚝한 드높은 나무, 잘 새도 깃들어라.

볼수록 넓은 벌의
물빛을 물끄럼히 들여다보며
고개 수그리고 박은 듯이 홀로 서서
긴 한숨을 짓느냐. 왜 이다지!

온 것을 아주 잊었어라, 깊은 밤 에서 함께
몸이 생각에 가볍고, 맘이 더 높이 떠오를 때.
문득, 멀지 않은 갈숲 새로
별빛이 솟구어라.

전망(展望)

부옇한 하늘, 날도 채 밝지 않았는데,
흰 눈이 우멍구멍 쌓인 새벽,
저 남편(便) 물가 위에
이상한 구름은 층층대(層層臺) 떠올라라.

마을 아기는
무리 지어 서제(書齊)로 올라들 가고,
시집살이하는 젊은이들은
가끔가끔 우물길 나들어라.

소삭(蕭索)한 난간(欄干) 위를 거닐으며
내가 볼 때 온 아침, 내 가슴의,
좁혀 옮긴 그림장(張)이 한 옆을,
한갓 더운 눈물로 어룽지게.

어깨 위에 총(銃) 매인 사냥바치
반백(半白)의 머리털에 바람 불며
한번 달음박질. 올 길 다 왔어라.
흰 눈이 만산편야(滿山遍野)에 쌓인 아침.

찬 저녁

퍼르스렷한 달은, 성황당의
군데군데 헐어진 담 모도리에
우둑히 걸리웠고, 바위 위의
까마귀 한 쌍, 바람에 나래를 펴라.

엉긔한 무덤들은 들먹거리며,
눈 녹아 황토(黃土) 드러난 멧기슭의,
여기라, 거리 불빛도 떨어져 나와,
집 짓고 들었노라, 오오 가슴이여

세상은 무덤보다도 다시 멀고
눈물은 물보다 더 더움이 없어라.
오오 가슴이여, 모닥불 피어오르는
내 한세상, 마당가의 가을도 갔어라.

그러나 나는, 오히려 나는
소리를 들어라, 눈석이물이 씨거리는,
땅 위에 누워서, 밤마다 누워,
담 모도리에 걸린 달을 내가 또 봄으로.

천리만리(千里萬里)

말리지 못할 만치 몸부림하며

마치 천리만리(千里萬里)나 가고도 싶은

맘이라고나 하여 볼까.

한줄기 쏜살같이 뻗은 이 길로

줄곧 치달아 올라가면

불붙는 산의, 불붙는 산의

연기(煙氣)는 한두 줄기 피어올라라.

추회(追悔)

나쁜 일까지라도 생(生)의 노력(努力),

그 사람은 선사(善事)도 하였어라

그러나 그것도 허사(虛事)라고!

나 역시(亦是) 알지마는, 우리들은

끝끝내 고개를 넘고 넘어

짐 싣고 닫던 말도 순막집의

허청(虛廳)가, 석양(夕陽)손에

고요히 조으는 한때는 다 있나니.

고요히 조으는 한때는 다 있나니.

하다못해 죽어 달려가 올라

아주 나는 바랄 것 더 없노라
빛이랴 허공이랴,
소리만 남은 내 노래를
바람에나 띄워서 보낼 밖에.
하다못해 죽어 달려가 올라
좀 더 높은 데서나 보았으면!

한세상 다 살아도
살은 뒤 없을 것을,
내가 다 아노라 지금까지
살아서 이만큼 자랐으니.
예전에 지나 본 모든 일을
살았다고 이를 수 있을진댄!

물가의 닳아져 널린 굴꺼풀에
붉은 가시덤불 뻗어 늙고
어득어득 저문 날을
비바람에 울지는 돌무더기
하다못해 죽어 달려가 올라

밤의 고요한 때라도 지켰으면!

희망(希望)

날은 저물고 눈이 나려라
낯설은 물가로 내가 왔을 때.
산 속의 올빼미 울고 울며
떨어진 잎들은 눈 아래로 깔려라.

아아 숙살(肅殺)스러운 풍경(風景)이여
지혜(智慧)의 눈물을 내가 얻을 때!
이제금 알기는 알았건마는!
이 세상 모든 것을
한갓 아름다운 눈어림의
그림자뿐인 줄을.

이울어 향기(香氣) 깊은 가을밤에
우무주러진 나무 그림자
바람과 비가 우는 낙엽(落葉) 위에.

작가 연보

1902년 9월 7일 평안북도 구성군에서 출생. 본명은 김정식.

1904년 아버지가 일본인 목도꾼에게 폭행을 당해 정신이
상 증세를 보임.

1909년 남산소학교에 입학.

1915년 평안북도에 있는 오산고등보통학교에 입학. 오산
고등보통학교에서 문학적 스승 김억을 만나게 됨.

1919년 3·1 운동의 여파로 오산고등보통학교가 문을 닫
자 경성에 있는 배재고등보통학교에 편입학 함.

1920년 동인지 《창조》에 처음으로 시를 발표. 이때 발표
한 시로는 「낭인의 봄」「그리워」「춘강」 등이 있다.

1923년 일본의 도쿄상과대학으로 유학을 감. 관동대지진
의 영향을 귀국

1924년 광산 일을 하던 조부의 경영을 도움. 나도향을 만
나 동인 《영대》의 활동을 함.

1925년 『진달래꽃』을 발가했으며, 이는 생전에 낸 유일한 시집으로 기록된다.

1926년 어린 시절 마음을 두던 오순의 죽음으로 충격을 받고, 시 창작에서 거의 손을 뗌. 7월 평안북도 구성군에 동아일보 구성지국을 개설.

1927년 동아일보 지국이 폐쇄되며 광산 경영과 동아일보 모두에서 실패를 겪음. 연이은 실패와 나도향의 요절로 충격을 받고 술을 마시는 날이 많아짐.

1929년 '조선 시가협회' 회원에 가입.

1934년 8월 「제이, 엠, 에쓰」「돈타령」 등을 발표. 9월 21일 추석 전날 밤에 김억에게 절망감이 느껴지는 편지를 씀. 12월 24일 평안북도 곽산에서 아편을 마시고 스스로 목숨을 끊음. 만 32세 때의 일이다.

1935년 김억이 《신동아》 2월호에 '김소월시행장'을 발표.

1939년 김억이 선별한 『소월시집』이 박문서관에서 간행됨.

1956년 완본 『소월시집』이 정음사에서 간행됨.

1925년 경성 매문사(賣文社) 간행 표지.
김소월이 생전에 발간한 유일한 시집.